LA MASCOTA DE LA CLASE

Adaptación de C. Tobin
Dirección artística de Rick DeMonico
Diseño de Heather Barber

No part of this publication may be reproduced, or stored in a retrieval system, or transmitted in any form or by any means, electronic, mechanical, photocopying, recording, or otherwise, without written permission of the publisher. For information regarding permission, write to Scholastic Inc., Attention: Permissions Department, 557 Broadway, New York, NY 10012.
ISBN 0-439-78347-X
Published simultaneously in English as Maya & Miguel: Teacher's Pet
Copyright © 2005 Scholastic Entertainment Inc. All rights reserved.
Translation copyright © 2005 by Scholastic Inc.
SCHOLASTIC, MAYA & MIGUEL and logos are trademarks of Scholastic Inc.
12 11 10 9 8 7 6 5 4 3 2 1   5 6 7 8 9/10
Printed in the U.S.A.
First printing, Sepember 2005

SCHOLASTIC INC.

NEW YORK   TORONTO   LONDON   AUCKLAND   SYDNEY
MEXICO CITY   NEW DELHI   HONG KONG   BUENOS AIRES

¡Espera, Miguel!

¿No le notas nada extraño a Paco?

Yo lo veo bien.

Bueno, es evidente que ustedes cuidan mucho a Paco. Está bien. ¡Está perfecto!

¿Está segura, Dra. DasGupta? Parece tan triste y callado últimamente.

Um... No parece muy contento, ¿verdad? ¿Él se pasa el día solo?

Bueno, es que mi hermano y yo tenemos que ir a la escuela, y mamá y papá se van a trabajar.

Es un plan perfecto.
¡Ahora Paco no se
sentirá triste!

¡ESToy feLiz!

Esa misma mañana, un poco más tarde, en la clase de Historia . . .
Muy bien, muchachos, espero que hayan leído el capítulo sobre la Guerra Civil. ¿Quién me puede decir quién fue el autor de la Proclamación de Emancipación?
¿Maya?
¡Quiero hablar! ¡Quiero hablar!

¡RING!

¡Y LA SALVA LA CAMPANA!

¡Ajá!

Recuerden leer el capítulo para la clase de mañana, muchachos.

¿Maya?

¿Sí, Sr. Nguyen?

Noté que hoy estabas distraída en la clase. ¿Hay algo de lo que quieras hablar conmigo?

Paco, ahora tengo que jugar fútbol, quédate aquí y no hables.

¡CALLADO!

No, Paquito, estás GRITANDO. No tan fuerte. Silencio.

Silencio.

Qué lorito tan bueno. Regreso enseguida.

Entrenador... ¡mire!
¡QUAC! ¡Soy yo, Paco! ¡Me voy de aquí!
¡No quiero ser un pájaro mochila!
Más tarde, ese mismo día . . .
Paco, ya regresé...
¡GASP!

No, Miguel, no es adónde irías TU, sino adónde iría PACO. Ponerte en el lugar de Paco significa que debes imaginarte que eres Paco para entender lo que él haría. Vamos, imagínate que eres Paco.

Te entiendo. Si yo fuera Paco, iría a un sitio donde hubiera comida.

Muy bien. ¿Qué comen los loros?

¡Miren!

¡Semillas de girasol! Ahora lo único que tenemos que hacer es seguir el rastro y encontraremos a Paco.

Miren, el rastro va en dos direcciones.

MIENTRAS TANTO, MAYA SIGUE EL RASTRO DE LAS SEMILLAS DE GIRASOL . . .

Disculpen, ¿han visto un loro por aquí?

No, lo siento.

Estoy buscando un pájaro... como de este tamaño.

Mejor hablemos aquí afuera... al aire libre.
¡Uff!
Casi se echa todo a perder.
Para encontrar esos loros necesitaremos ayuda.

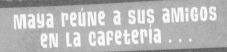

Mientras Miguel entretiene al Sr. Nguyen, tenemos que registrar todos los rincones, todos los armarios...

para ver si encontramos cualquier cosa que haga quac. Presten atención a ver si oyen los graznidos de Paco.

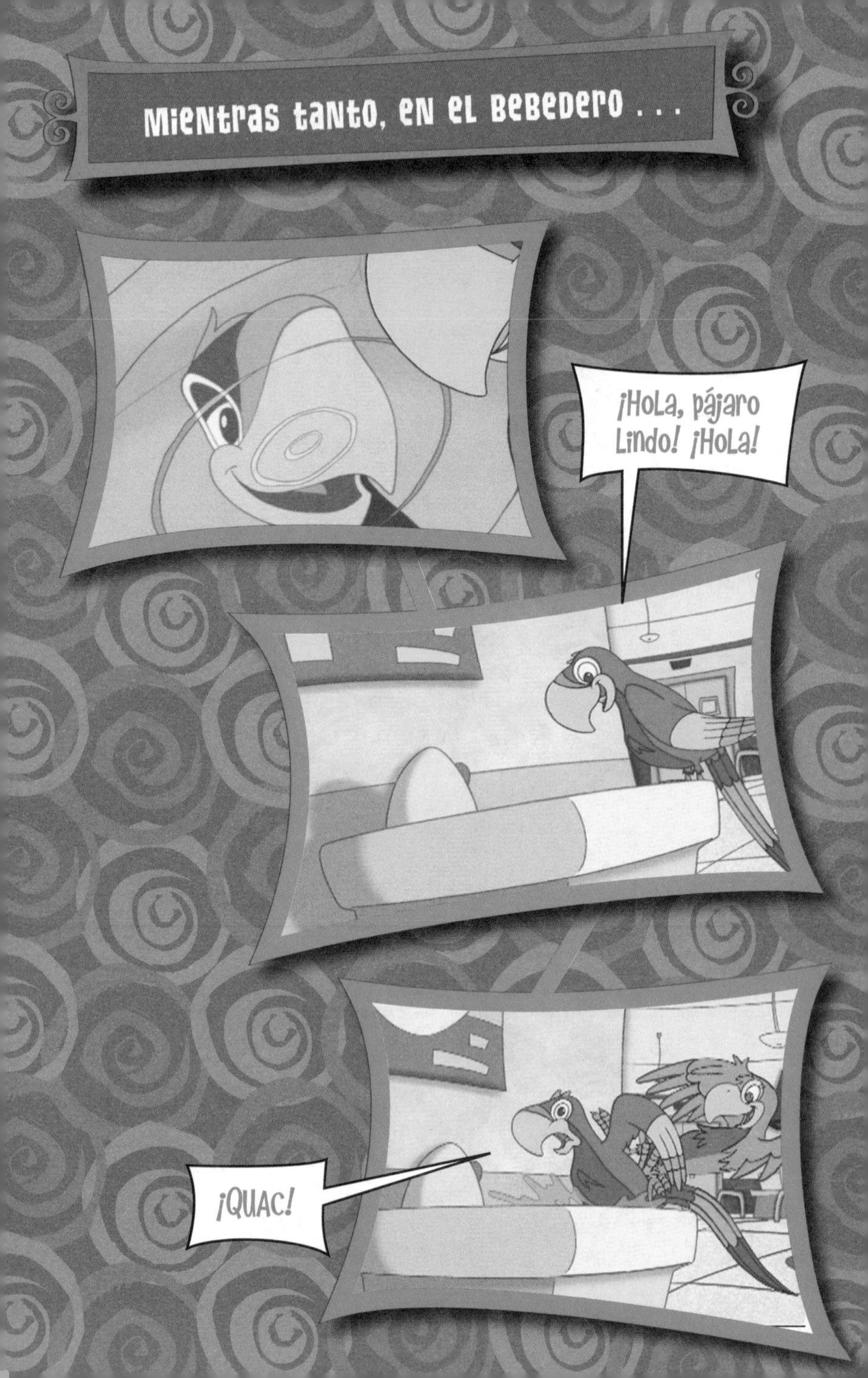

Mientras tanto, en el bebedero . . .
¡Hola, pájaro lindo! ¡Hola!
¡QUAC!

¿Encontraron algo?

Um...

¿Qué pasa?

No sé cómo voy a recordar todas esas fechas históricas importantes. Bueno, es que son tantas. ¡No logro aprendérmelas de memoria!

Me encantaría seguir hablando de este tema, Miguel, pero tengo una clase en unos minu...

¡Paquito! ¡Soy yo, Maya! ¡Te voy a dar unas semillas de girasol! ¡PAQUITO!

¿Eso será...?

¿Alguien ha visto mi otra media?

¡DING DONG!

¡Yo abro la puerta!

¡Buenos días, Sr. Nguyen!

¡VIVA!
NOW AVAILABLE ON
DVD AND VIDEO
FOR THE FIRST TIME!

¡TAMBIÉN INCLUYE VERSIÓN EN ESPAÑOL!